얀 이야기

제①권

얀과 카와카마스

마치다 준 글 그림

김은진 한인숙 옮김

동문선

町田 純

ヤンとカワカマス

© 1997 JUN MACHIDA

This edition was published by arrangement
with Publisher Michitani, Tokyo
through Access Korea Agency, Seoul

얀과 카와카마스

Bosphorus
In the twilight

여는글

나는 새벽 동틀 무렵의 한 시간이 가장 좋다.

바람 소리와, 그 바람에 실리어 온 새소리가 창틈으로 어렴풋이 들어와 내가 앉은 의자 곁에 간신히 이르러 서성거릴 때……

—— 그저 한순간에 지나지 않는 때일지언정 소중히 여기지 않으면 안 된다.

나는 미혹을 끊고 밖으로 나가, 새벽바람이 실어다 준 향긋한 나무들의 향내를 흠뻑 들이마신다.

한낮에 빨아 널어 놓은 카프카스 융단은, 양털 향을 바람에 쏠리는 대로 날리며 민족의 긍지를 한껏 퍼뜨린다.

자랑스러운 민족과 아끼는 거리를 가지지 않은 나는, 지평선 아래로 시선을 떨어뜨리지 않고서 빈사 지경에 이른 낙엽수와 상록수가 남겨둔 작은 숲의 나무줄기며 가지와 잎사귀 끝 사이사이로 보였다 안 보였다 하는 하늘을 보려 한다.

이 나라의 생산 활동이 저하하여, 바람이 조금 강하게 부는 날은 더없이 상쾌하다.

대기는 아주 조금이나마 그 투명함을 되찾고, 잠시 후면 나뭇잎들은 진한 녹색으로 눈부시게 빛날 것이다.

나무껍질은 그 세로줄 무늬를 선명하게 드러내리라.

하지만 지금은 아직 어둠이다.

그래도 하나둘씩 별들이 빛나고 있어, 이제부터 펼쳐질 맑은 하늘과 흰 구름을 넌지시 암시해 주는 듯하다.

아직은 빛깔이 두드러지지 않은 연푸른빛의 약하디약한 세계이다.

다행히 거리는 한낮의 피로와 지긋지긋한 일상에의 체념 속으로 빠져든 듯 조용히 잠들어 있다.

밤새도록 울며 그 작은 절망을 호소하던 한 마리 귀뚜라미도, 가엾게도 지칠 대로 지친 듯 푹 잠들어 버렸다.

미미하게나마 푸른빛을 더해 가는 하늘은, 알지 못하는 고장까지 아득히 이어져 있다.

아까부터 나의 고양이 얀도 바깥의 의자에 엎드려 누운 채 가느다랗게 실눈을 뜨고서 보이지 않는 우듬지 사이에서 들려오는 새소리며, 잘 마른 융단의 향기에 휩싸여 있다.

잠들어 있는 것도 아니고, 깨어 있는 것도 아니다.

뭔가를 추억하려거나, 뭔가를 잊어버리려는 듯하다.

—— '아아, 이런 때야'라고 생각하는 그 순간을 소중히 여기지 않으면 안 된다.

이 나라에서는 좀처럼 그런 때가 찾아오지 않을 테니까.

내가 그림으로 그리려는 것은 그런 순간, 달아나 버릴 듯한 시간, 의식과 무의식의 사이에서 항상 커다란 흰색 천으로 뒤덮여 있어 숨을 쉴 수가 없다는 생각이 살포시 날아올라 이제는 낙하를 마칠 수 없는 그 시간이다.

　이 거리에서는 새벽이 그날의 시작이 아니라 황혼이다.

　하늘이 완전히 밝아지고 거리가 꿈틀거리기 시작할 무렵,
이 나라는 진정한 밤을 맞이한다. 상상력의 암흑 세계를.

　나는 나의 나라도, 나의 거리도 그리지 않는다. 그곳은 이
제 아름답지도, 고통스럽지도, 슬프지도 않거니와 상상력을
펼칠 널따란 초원마저도 찾아볼 수 없기 때문이다.

　나는 얀에게 '이제 자라'고 말한다.

　얀은 '응' 하고 짧게 답한다.

　얀은 이내 잠이 들었고, 밤의 밝은 빛을 온몸에 받으며 한
결같은 꿈을 꾼다.

　꿈을 꾼다. 그렇다, 나는 도쿄 시부야의 카페 '오데사 이
스탄불'을 도시 계획으로 잃고서, 상상력의 세계에서 재현하
려는 시도를 하였다. 그 발단은 가게에서 판매하기 위해 내
가 그렸던 20종가량의 그림 엽서였다. 대부분의 그림 엽서는
그저 한 마리의 고양이가 여장을 꾸렸거나, 카프카스풍의 카

프탄을 입었거나, 자작나무가 듬성듬성 들어서 있는 숲에서 뒹굴거나, 카즈베크 산 위에서 건배를 하거나, 초원길에서 마주치거나, 흑해의 깎아지른 듯한 벼랑에 서 있거나, 백러시아〔벨로루시〕의 소택지에서 우산을 받고 있거나, 베사라비아의 집시가 되어 바이올린을 연주하고 있거나 하는 모습들이다. 저마다 '아아, 이런 때야'라는 지나가 버린 한순간을, 슬픔을 간직한 채 살고 있다.

각각 그 한순간을 위해 기나긴 여로를 감추고 있지만, 늘 분주했던 나는 어떤 설명도 덧붙이지 않은 채 그것들을 내버려두었다. 아니, 여로를 이야기한다는 것이 부끄러웠기 때문인지도 모른다. 어떻게 이야기한다 해도, 언어로 드러내면 천박하고 진부해져서 길거리 악대의 울림이 들려오는 듯한 세계가 되어 버릴 테니까.

그렇더라도 이야기하지 않으면 누구도 이해할 수 없을 거라고들 해서, 나는 마지못해 언어라는 것을 사용하여 조금씩 '오데사 이스탄불 이야기'라는 얀의 수기를 쓰기 시작했다.

다시 한번 말하지만, 나는 언어로 표현한다는 것이 영 내키지 않는다. 언어는 늘 기만성을 품고 있다. 지나치게 체면치레를 하는데다가 위선자이다. 눈이나 귀로 느끼는 위태로움이나, 꽃이 지는 모습을 언어로는 도저히 표현할 수 없으리라고 생각하기 때문이다.

하지만 방법이 없다. 나에게 남겨진 표현 수단은 이제 이것밖에 없는 것이다. 우크라이나의 오데사에서 태어난 얀은, 혁명기에 중앙아시아·카프카스를 거쳐 흑해에서 이스탄불로 망명한다. 쉽게 접할 수 있는 이야기이기는 하지만, 그 중간중간의 에피소드 하나하나는 재미있다기보다는 덧없는 슬픔과 쓸쓸함을 간직하고 있다. 나는 이 이야기를 여태껏 마저 쓰지 못하였다. 이것은 나의 나쁜 버릇 가운데 하나로서, 중요한 것은 뒤로 미루어 되도록이면 손을 대지 않고 그냥 두려는 성격의 반영이다. 그리고 이 가운데서 "얀이 또 꿈을 꾸었다. 이런 꿈이었다"로 시작되는 작은 이야기가 '얀과 카와카마스'라는 형태로 간추려진 것이다. 아마 얀이 아직 어렸을 무렵, 러시아 땅에서 여행을 떠나기 전 평화로웠던 한

때의 표현이리라 여겨진다.

이스탄불의 떠들썩함으로부터도, 그리운 읍의 옛 거리들로부터도 외로이 떨어져 나와 더이상 갈 수 없는, 골든혼〔금각만〕이 내려다보이는 묘지 옆에 자리한, 퇴락의 빛이 역력한 작은 카페에서, 프랑스의 작가 피에르 로티가 이제는 살아 있지 않은 애인 아지야데를 그렸던 것은 지금으로부터 1백여 년 전의 일이다. 사이드 같은 현인의 눈으로 본다면, 그것은 추악한 오리엔탈리즘의 세계 그 자체일 것이다. 아니, 사이드에게 기대지 않더라도 누가 보든지 그것은 분명히 제멋대로인 세계였다. 그래도 어찌하랴, 여행자라는 것은 항상 숙명적으로 추한 존재가 아니던가! 찌든 일상에 묻힌 사람들 사이로 헤치고 들어가 참으로 어떻게 할 도리가 없어 방관자인 양 행세하는 것처럼 보이지만, 사실은 뱀처럼 탐욕스레 이국의 쾌락을 추구하는 자인 것이다. 그리고 미지의, 무지의 이국적 쾌락의 추구로 지친 나머지 불현듯 엄습해 오는 어떤 종류의 허탈감이 이 추악한 여행자를 무해하고 무능한, 이제는 어떤 욕망도 없는 진정한 여행자로 되살려낸다. 그렇다, 그러므로 '아지야데'나 '동양의 환상'에는 어느 정도의 진실이 있는 것처럼 여겨진다.

　로티는 자신의 순양함에 두 마리의 고양이를 기르고 있었다. 나는 한 마리의 얀을 기르고 있다.

　순양함은 세계 곳곳의 항구를 순행하고, 로티는 여행지마다에서 다양한 풍물을 스케치하였다.

　나는 순양함을 보유하지 않았고, 나의 방은 움직이지 않는다. 언제나 이곳에 붙박여 있을 뿐이다.

　로티는 보들레르가 말하였듯이, 고양이의 눈으로 시간을 인지하였을 것이다. 그래서 순양함은 때때로 집합 시간에 늦었다.

　나의 얀의 눈은 시간을 알리지 않는다.

　커다란 눈동자는 언제나 같은 크기이고, 어느 시간만을 응시하고 있다.

—— 그저 한순간에 지나지 않는 때일지언정 소중히 여기지 않으면 안 된다.

이것이 내가 그리려는 풍경의 본질이다.

미래와 과거 사이에 가로놓인, 끝없이 펼쳐진 초원.

부디 이 초원에 나 있는 희미한 발자취를 따라 걸어가 보라. 천천히, 한걸음 한걸음, 켜켜로 흐드러진 풀들을 지르밟으면서……

"대체 무슨 까닭이지요?"

"그것은 진정한 여행자가 되기 위해서."

"대체 어디로 향하는 건가요?"

"그대의 생각이 가닿는 곳으로."

차 례

똑, 똑, 누군가 머뭇머뭇 망설이듯 문 두드리는 소리가 들리는 듯하였으나, 어젯밤 생선 수프를 너무 많이 먹은 탓인지 몸을 가누는 것마저도 귀찮아져서 침대에 꼼짝 않고 누워 있었다.

손가락 하나 까딱하지 않고 멍하니 천장만 바라다보고 있는데, 다시 똑, 똑, 똑, 문 두드리는 소리가 났다.

내가 사는 작은 오두막은, 얼핏 보아서는 아무도 살지 않을 것 같은 야트막한 언덕 위의 비탈진 곳에 위치해 있고, 집 앞에는 초원과 작은 숲들이 패치워크처럼 끝없이 펼쳐져 있다. 그리고 숲 끝에는 지평선에 맞닿아 있는 양 꾸불꾸불하게 이어진 은빛 물결의 강이 있다.

요 몇 개월 사이, 이 작은 오두막을 찾아온 이가 아무도 없었기에 바람이 와닿는 소리를 문 두드리는 소리로 착각한 것이리라 생각하고 그대로 내버려두었더니, 문 밖에서 다시 분명하게 똑, 똑, 똑, 똑, 소리가 들려왔다. 나는 하는 수 없이 문께로 걸어가 지난주에 경첩을 수리해 둔 문을 살며시 열었다. 뜻밖에도 카와카마스*가 홀로 서 있었다.

"안녕! 오늘은 날씨가 너무너무 좋아. 그래서 나도 모르게 이렇듯 멀리까지 나와 버렸지 뭐야. ……아차, 나는 카와카마스야. 음, 그리고 저멀리 빛나는 강에 살고 있어. ……아니지, 만나서 반가워. 카와카마스라고 해. 저멀리 빛나는……."

*카와카마스…러시아명은 시튜카, 영어로는 파이크(pike; 곤들매기류). 대형 담수어로 깨끗한 물에서만 산다. 암녹색이며, 1미터 이상이나 되는 것도 있다. 장수하는 물고기로 1백 년 이상 산다고도 한다.

나는 예기치 못한 방문자가 카와카마스라는 것에 조금 놀랐지만, 그것보다도 그의 등뒤에 펼쳐진 초원이 아침 햇살을 받아 황금빛으로 눈부시게 빛나는 모습이나, 저멀리 숲속의 나뭇잎들이 춤추듯 반짝반짝 빛나는 모습에 시선이 쏠렸다.

이제 정말 가을빛이 완연하구나.

나는 그와 잠시 동안 이야기를 나누었다.

나는 그에게 초원 생활에 대해, 버섯이 많이 나는 숲에 대해, 그리고 잼 만드는 법과 그 보존 방법에 대해 이야기해 주었다.

그는 나에게 강에서의 생활에 대해, 플랑크톤이 많이 있는 장소에 대해, 그리고 즐겁게 헤엄치는 법에 대해 이야기해 주었다.

이렇게 해서 나는 카와카마스와 친구가 되었다.

돌아갈 때 그는,

"아차, 그래그래, 내일은 이름의 날* 축제여서 버섯 수프를 만들어야 하는데, 저, 안타깝게도 소금하고 버터가 다 떨어져서 말이야……. 있잖아, 저, 미안하지만 그것들을 좀 꾸어 줄 수 있겠어?"

라고 겸연쩍은 표정으로 말했다.

"응, 그래!"

나는 작은 자루에 담겨 있는 소금과, 종이로 둘둘 말아 놓은 버터를 그물자루에 넣어 건네 주었다.

*이름의 날…영명축일. 러시아정교에서는 1년 내내 성인의 축일이 지정되어 있다. (성자는 1천5백 명 이상이나 된다.) 따라서 자신의 세례명과 같은 이름의 성인의 날이 그 사람의 이름의 날이다.

예를 들면 니콜라이 미야스코프스키라는 인물의 이름의 날은 성 니콜라의 축일, 즉 5월 9일이 된다.

혁명 전이라면, 이날에 그는 탄생일 이상의 축하를 받았을 것이다.

그는 두 개의 자루를 달랑달랑 들고서 비탈진 언덕길을 유유히 내려갔다.

이튿날, 어제의 일은 까맣게 잊고 곤한 잠에 빠져 있었는데 똑, 똑, 문 두드리는 소리가 났다. 나는 좀더 자고 싶었지만, 어제는 우하(생선 수프)를 그다지 많이 먹지 않았기에 몸도 한결 가뿐했고, 마침 배도 조금 고팠기에 일어나도 좋겠다는 생각이 들어 이불 속에서 나왔다.

　수리한 지 얼마 안 된 경첩을 살피면서 조심스레 문을 열자, 또 카와카마스가 서 있었다.

　"안녕, 얀! 오늘도 날씨가 너무너무 좋아. 이렇게 좋은 날씨가 계속되면, 매일같이 멀리로 나가지 않을 수 없어서 오히려 큰일이야. 그런데 잠은 잘 잤어? 그래, 정말 좋겠다. 나는 내일은 어디로 갈까 생각하다가, 실은 마음이 들떠서 잠을 제대로 못 잤어. 게다가……."

나는 카와카마스와 잠시 동안 이야기를 나누었다.

　나는 그에게 잼이 담긴 병을 간단히 여는 방법이며, 문짝에 경첩을 손쉽게 다는 방법을 가르쳐 주었다.

　그는 나에게 강에 빠졌을 때 어떻게 하면 되는지와, 강가 자갈밭의 잔돌들에 비비대어 몸을 씻는 방법을 가르쳐 주었다.

　돌아갈 때 그는,

　"아차, 그래그래, 내일은 이름의 날 축제여서 버섯 수프를 만들 생각인데, 공교롭게도 스메타나*가 떨어져서 말이야……. 괜찮다면, 조금 꾸어 주지 않을래?"
라고 미안한 듯이 말했다.

　"응, 그래!"
하고, 나는 병에 담아두었던 스메타나를 내주었다.

*스메타나…러시아의 신맛 나는 사워 크림. 대부분의 러시아 요리에 쓰인다. 또 식탁에 올려 수프 등에 넣기도 한다.

카와카마스는 스메타나가 담긴 병을 껴들고서 유유히 가을의 초원을 걸어 내려갔다.

때때로 바람이 불어 와서 키 큰 풀들이 흔들리자, 마치 카와카마스가 초원을 헤엄쳐 가고 있는 것처럼 보였다.

다음날은 아침부터 비가 내렸다. 나는 특별히 할 일도 없었기에 감자에 돋아난 어린싹을 떼내거나, 구스베리 열매로 잼을 만들기로 하였다.

저녁 무렵이 되어서야 비가 그쳤다. 대기가 차가워져서인지 가을의 정취를 흠씬 느낄 수 있었다.
비구름이 걷히면서 푸른 하늘이 광대히 펼쳐져 나의 마음까지 청랑하게 맑아져 갔다.

그때 똑, 똑, 하는 소리가 희미하게 들렸다. 어쩌면 카와카마스일는지도 모른다고 생각하면서 경첩을 조심스레 살피며 문을 열자, 과연 카와카마스가 몸을 꼿꼿이 하고 서 있었다.

"지독한 비였어. 이렇듯 줄기차게 내렸다가는 정말 어디라도 가볼 수가 없겠어. 그렇지만 비가 그치려고 할 때의 하늘은 왠지 극적인 것 같아. 갖가지 모양을 한 구름들이 하늘 저편으로 사라져 가는 광경을 바라본다는 건 정말정말 즐거운 일이야. 구름을 좇아서 그만 여기까지 와 버렸지 뭐야. 그런데 얀은 무얼 하고 있었어?"

카와카마스의 몸에는 오는 길에 들러붙은 듯한 갖가지 모양의 단풍잎들이 나붙어 있었다.

이렇게 해서 이날도 카와카마스와 잠시 동안 이야기를 나누게 되었다.

그는 수면에 비친 구름이 잔물결들로 인하여 가지가지 모양으로 변화하는 모습이며, 시간의 흐름과 더불어 물빛이 어떻게 바뀌어 가는가를 이야기해 주었다.

나는 오이 피클을 만들 때 어떤 향초를 넣으면 좋은지를 설명하였고, 버섯 피로그*를 만들 때 주의해야 할 점에 대해서도 이야기해 주었다.

　돌아갈 때 그는,

　"아차, 그래그래, 그러니까 내일 이름의 날에 버섯 수프를 만들 생각인데, 공교롭게도 나는 버섯을 찾는 데는 아무래도 서툴러서 말이야. 만약 괜찮다면, 정말정말 폐를 끼치는 일이 아니라면 버섯을 조금만 꾸어 주지 않을래?"

라고 몹시 미안한 듯이 말했다.

　"응, 그래!"

하고, 나는 요전날 숲속 비밀의 장소에서 따온 야마도리 버섯이랑 하라 버섯을 그물자루에 담아 주었다.

*피로그…속에 갖은 재료를 넣어 구워 낸 커다란 파이 같은 것. 채소 피로그, 고기 피로그, 생선 피로그 등도 있다. 피로슈키는 작은 피로그를 말한다.

카와카마스는 버섯이 담긴 자루를 들고서, 이미 해는 기울었지만 아직은 어슴푸레 저녁빛이 남아 있는, 구름 한 점 없는 하늘을 뒤로 하고 천천히 언덕을 내려갔다.

이튿날은 금방이라도 비가 쏟아져 내릴 것처럼 하늘이 잔뜩 흐렸다.

나는 우울한 기분으로 꽤 오래전에 읽기 시작한 책을 들추어 보거나, 별 의미도 없는 시를 짓거나, 차를 마시거나, 메밀 카샤*를 만들거나, 문짝의 경첩을 손질하거나 하면서 하루를 보냈다.

카와카마스는 오지 않았다.

*메밀 카샤…메밀 열매의 리소토. 이를테면 오트밀 같은 것.

다음날은 날씨가 맑았다. 그 대신에 대기는 차가워지고, 바람도 조금 불었다.

　나는 방 한구석의 작은 페치카에 삭정이들을 모아다 불을 지폈다. 작은 오두막은 금세 훈훈해져서 기분 좋게 겨우살이 준비를 할 수 있었다.

　그때까지도 카와카마스는 모습을 보이지 않았다.

　저녁 무렵이 되자, 바람이 그쳤다.

　서쪽 하늘의 지평선 언저리에는 벌써부터 금성이 떠올라 초롱초롱 빛을 발하고 있었다.

우하(생선 수프)로 간단히 저녁 식사를 때우고서 차를 마실 참으로 사모바르에 물을 끓이려고 할 때 똑, 똑, 망설이는 듯한 소리가 들렸다.

황급히 수프 냄비를 치우고서, 번쩍번쩍 빛나는 경첩을 보면서 문을 여니 카와카마스가 서 있었다.

"안녕! 저녁 식사는 다 마친 거야? 그거 잘됐다. 달빛이 너무너무 고와서 그만 이렇게 멀리까지 나와 버렸지 뭐야. 정말로 아름다운 달밤이야. 이런 밤에는 누구라도 시인이 될 수 있을 것 같아. 걸으면서 이런 시를 지었는데, 한번 들어 볼 테야?"

······넌 기억하고 있니······

겨울의 저 혹독한 추위 속에서도

　　나의 강은 얼음장 밑을 묵묵히 흐르고 있다는 것을.

겨울밤 잠 못 이루는 이들이 가만히 강바닥에 잠겨들며

　　　새로운 철학을 생각하고 있다는 것을.

······넌 본 적이 있니······

이른봄 눈이 녹으면서 불어난 물이

　　나의 강을 큰 강으로 변화시키는 것을.

주위가 온통 거울이 되어 새파란 하늘에 두둥실 떠가는

　　　구름과 구름을 비추이는 것을.

……넌 들은 적이 있니……

여름날의 강물 소리와 그 언저리를 어지러이 날아다니는 물새
들의 소리가 한데 어우러져

평온한 한때를 가져다 주는 것을.

여름밤이 재스민 향기를 실어나를 때

나의 강은 그 답례로

수줍은 수레국화 다발을 띄워보내는 것을.

······넌 만져 본 적이 있니······

가을날의 월귤 손바닥 위에 굴리다

　어느덧 남은 마지막 한 알, 주머니 속에 넣어두었던 것을.

　　그렇다 한들 강에 사는 이에게 있어

　가을의 석양은 슬픈 것.

한껏 뱃놀이를 즐기다, 따뜻한 보금자리로 향하는 그대들처럼
여기서 떠날 수도 없어

　잔물결 아래, 그저 고독히 침잠해 있을 뿐.

"아, 그리고 이런 시도."

밤의 초원에 안개 자욱할 무렵.

　어쩔 수 없는 시작

　　어쩔 수 없는 마침의 세기의 사이에서,

풀과 잎들이 만들어 낸 마법의 도움을 받으면서,

　내 머리 위, 높이

　　우주를 더욱더 넓히기 위해,

우거진 풀숲의 그늘진 길.

　그 작은 정상을 향하여 떠돌며 걷는다.

점점 열리어 가는 시계와, 이슬을 머금은 풀숲에서 풍기는 훗훗
한 열기 속에서

　멀어져 가는 강물 소리.

　　나의 심음(心音)과 호응하여,

　　　숨 가쁘게 가슴을 채우고,

　강의 전모가 풀숲 저편에 모습을 드러낸다.

아득히 바라다보이는 강안개에 잠겨, 커다란 활 모양을 그리며 꾸불꾸불 나아가는 곳곳마다에

무지한 초승달을 남기면서,

무수한 늪과 습지를 만들면서,

때로는 변덕스레 기분 좋은 호두나무 숲과

수많은 자작나무 그늘을 만들면서,

느닷없이 트여 밝아진 제방을 씻고,

깊고 고요히 사색에 잠긴다.

오쇼로코마*의 무의식적인 대열이,

강바닥 깊이 우울을 껴안으며

카와멘타이* 위를 그냥 지나쳐 간다……

*오쇼로코마…곤들매기의 일종. 몸길이 20센티미터 정도. 일본 홋카이도에 살고 있다.

*카와멘타이…가물치를 크게 늘인 것 같은 대구과의 대형 담수어. 몸의 표면은 미끈미끈하고, 바닥에 살고 있다. 특히 간장의 맛이 뛰어나, 체호프의 유머러스한 단편에도 소개되고 있다.

"차 한잔 마실까?" 하고, 내가 말했다.

"아, 아니아니, 괜찮아. 정말, 몹시 늦었는걸. 곧 가야 해."

돌아갈 때 그는,

"아차, 그래그래, 내일은 바야흐로 이름의 날이어서 말이
야, 저······ 식사 후에 차라도 한잔 마시고 싶은데, 공교롭게
도 사모바르가 망가져 버려서 말이야. 저······ 정말로, 만약
괜찮다면 사모바르를 하루만 빌려 줄 수 있겠어?"

라고 몹시 미안한 얼굴로 말했다.

"응, 그래!"

나는 소중히 여겨 왔던 사모바르를 그에게 내주었다.

카와카마스는 사모바르를 애지중지 껴안고서 천천히 밤의 초원을 내려갔다. 이따금 달빛이 사모바르에 반사하여 그의 위치를 알려 주었다.

숲을 벗어나 아득히 먼 저쪽, 은색의 띠에 가닿을 때까지, 나의 사모바르는 점멸을 거듭하면서 점점 멀어져 갔다.

다음날부터 카와카마스는 모습을 보이지 않았다.

그렇게 한 달이 지났을 무렵, 나는 무심결에 저편 강까지 가보리라 마음먹게 되었고, 전날에 만들어 놓은 버섯 피로그를 자루에 담고서 오두막을 나섰다.

　　비탈길의 풀들은 군데군데 시들말라 가고 있었고, 길고 가느다란 갈색 잎들의 뒷면에는 수정 같은 서리가 빽빽이 들어차 있었다.

　　도중에 있는 삼림의 자작나무는 잎들이 죄다 떨어져 흰색과 갈색 반점의 나무 껍질들만이 눈에 띄었다.

　　떨어진 잎들이 숲길을 뒤덮어 바삭바삭 소리가 나무숲에 울려 퍼졌다.

오두막에서 강까지 5로리*는 될 것 같았다. 이렇게 먼 거리를 카와카마스는 어떻게 걸어왔을까 생각하니 놀라웠다.

가까이에서 본 강은 몹시 커, 조금 두려운 느낌마저 들었다. 물의 흐름은 완만하였지만, 강 한가운데에 작은 물결이 일렁이고 있었다. 물빛이 다소 탁해서인지 물속은 잘 보이지 않았다.

건너편 강가의 울창한 삼림은 음산한 분위기를 자아내고 있었다.

카와카마스의 집은 바로 눈앞에 자리해 있었다.
강변에, 그것도 거의 물에 닿을 듯한 곳에 뗏목을 이용해 겨우겨우 지은 양 허술하기 그지없는 오막살이였다.

*5로리…러시아의 도정 단위로서, 1로리는 1천67미터. 요컨대 5킬로미터 정도의 거리.

홉*의 덩굴로 매어둔 문 같은 곳을 두드리자, 카와카마스가 얼굴을 내밀었다.

"앗, 얏! 참 잘 왔어. 잘 지냈지? 자, 어서어서 들어와. 아무 염려말고."

나는 카와카마스의 오막살이에 스스럼없이 들어갔다.

아주 소박하게 지어져 있기는 하였으나, 내부는 깔끔히 정돈되어 있었다. 어쩌면 그보다 가지고 있는 물품이 거의 없다시피 해서 그렇게 보였던 것인지도 모르겠다. 있는 것이라고는 내가 빌려 주었던 사모바르가 식탁 위에, 그리고 소금이랑 버터랑 스메타나가 선반 위에, 그밖에는 버섯이 담긴 자루가 매달려 있는 정도였다.

*홉(hop)···습지의 키 작은 나무숲이나 덤불에서 질긴 덩굴을 이용해 다른 것들에 휘감겨 있다. 열매는 맥주의 향을 내는 데 쓰이며, 유럽에 널리 분포한다.

카와카마스는,

"차라도 마실까? 지금 사모바르에 찻물을 끓일게."

라고 말하고서 선반 쪽을 찾더니,

"아차, 그렇지! 차와 설탕이 다 떨어졌었지. 차조차도 대접할 수 없으니, 이것 참 내가 이렇다니까."

라고 혼잣소리로 중얼거리면서 뒤통수를 한 대 쳤다.

그리하여 우리는 버섯 피로그를 먹으면서 잠시 동안 이런저런 이야기를 나누었다.

나는 지난번 많은 비가 내렸을 때 어떻게 비가 새는 것을 막았는지, 그리고 파손된 지붕의 수리법 등을 이야기해 주었다.

카와카마스는 예전에 내렸던 큰비로 자기 집이 떠내려가
버렸을 때의 이야기를 해주었다. 그 큰비로 그의 물건들 대
부분이 사라져 버렸다고 했다.

이야기를 나누고 있자니, 이따금 강안개가 슬며시 흘러 들
어와 내 털에 휘감기는 것 같았다.
게다가 구름의 움직임이 심상치 않아 조금 서둘러서 카와
카마스의 집을 나오기로 했다.

문을 나설 때 그는,

　"아차, 그래그래, 내일은 이름의 날 축제를 할 테니까 꼭 와주었으면 해. 버섯 수프를 만들어 볼게. 아니, 재료는 충분히 갖추어져 있어. 염려말고 와. 그리고 비가 내릴지도 모르니, 내 우산을 가져가도록 해."
라고 말하고서, 처마널에 곧 펼쳐질 듯한 모양새로 내걸려 있는 커다란 박쥐 우산을 나에게 건네 주었다.

　손에 받아들고서 밑에서부터 올려다보니, 우산살은 붉은 녹이 슨 쇠꼬챙이나 철사를 이용하였고, 손잡이는 강에 떠다니는 나무들 중에서 모양 좋은 것을 골라 만든 것이었다. 다만 한 가지 아주 무거운 것이 결점이긴 하였지만, 열심히 만든 것만은 틀림없었다.

오막살이를 떠나 제방 위에 이르렀을 때, 카와카마스가 다급한 목소리로 나를 불러세우더니,

"아차, 그리고 정말정말 미안한데, 만약 괜찮다면, 폐를 끼치는 일이 아니라면 홍차하고 설탕을 아주 조금만 꾸어 주지 않을래? 어쨌든 내일은 이름의 날 축제라서 꼭 써야만 하거든."

하고, 몹시 미안한 양 소리쳤다.

"응, 그래! 내일 올 때 가져올게."

라고 답하고서, 나는 우산을 다시 한번 밑에서부터 올려다 보았다. 접혀지지는 않지만, 정말로 잘 만든 우산이라고 생각했다.

비가 내려서 돌아가는 길은 그다지 즐겁진 않았다. 완만한 비탈은 젖은 풀들로 발밑이 미끄러워 오르기가 힘들었다.

자작나무 줄기를 타고 내려온 빗방울들이 밑둥치에서 흩어져 마른 잎들 사이로 스며들었다. 수풀에서 흘러나오는 빗물들은 나무숲에 나 있는 작은 길을 작은 강으로 바꾸어 놓으려는 듯 줄기차게 모여들었다.

나는 발을 적셔 가면서 오르지 않을 수 없었다. 카와카마스의 우산은 다행히 물이 스며들지는 않았으나 젖어서 한층 더 무거웠다.

비 맞은 황갈색 나뭇잎들이 나풀나풀 춤추듯 떨어지다가 나의 하얀 털에 내려앉곤 했다. 나는 전에, 비 온 뒤에 찾아왔던 카와카마스의 몸에 누런빛으로 물든 고운 나뭇잎들이 나붙어 있었던 모습을 떠올렸다.

언덕배기의 오두막에 당도했을 때는 비가 더욱 세차게 쏟아졌다.

그날 밤은 큰비가 내렸다.

이튿날 비는 그쳤지만, 하늘은 여전히 꼬물꼬물 흐렸다. 습기를 잔뜩 머금은 대기가 몸에 휘감겨들어서 그다지 좋은 기분은 아니었다.

하지만 오늘은 카와카마스의 이름의 날이어서, 나는 조금은 명랑한 마음으로 설탕 자루와 홍차 상자를 껴들고서 비탈을 내려갔다.

눈앞에 한가득히 펼쳐진 하늘에는 언젠가 카와카마스가 말했던 것처럼 갖가지 모양을 한 구름들이 날아다니고 있었다.

언덕 위에서는 지상에 거의 잇닿아 있는 것처럼 보였던 구름도 비탈을 내려감에 따라 점점 머리 위로 높다랗게 멀어져 갔다. 그리고 이리저리 어지러이 떠돌던 구름들도 어느새 서쪽에서 동쪽으로 규칙적인 열을 이루어 흘러갔다.

강은 온통으로 흐렸고, 제방 가까이까지 어깨를 으쓱거리며 흘러들고 있었다.

설탕과 홍차가 젖지 않도록 매우 조심스레 부둥켜 들고서 제방의 풀 위에 앉았다.

한동안 멀거니 강의 흐름만을 바라보고 있던 나는, 상류의 약간 높은 언덕 위에서 뭔가가 반사되고 있다는 것을 알아차렸다.

제방을 따라 상류 쪽으로 걸어 올라가 보니, 주위보다도 한층 높은 초지가 나타났다.

그 초지 한가운데에서 나의 사모바르가 빛을 발하고 있었다.

하늘은 아주 맑게 개었고, 눈부신 햇빛은 나와 사모바르에 마음껏 내리쬐고 있었다.

제방 아래의 맑은 물을 떠다가 사모바르로 차를 끓여 마시거나, 멍한 표정으로 생각에 잠겨 있거나 하면서 한나절을 카와카마스가 나타나기를 기다렸다.

결국 카와카마스는 모습을 보이지 않았다.

사모바르를 껴안고서 길을 되돌아왔다. 사모바르의 무게 탓인지 길은 멀고 지루하게만 느껴졌다. 어제 큰비가 한창일 때, 틀림없이 카와카마스는 사모바르를 가장 높은 곳에 옮겨다 놓았을 것이다. 오막살이는 떠내려가 버렸을지도 모른다. 버섯 수프의 재료와 함께.

이제 이름의 날 축제도 할 수 없는 건가, 생각하면서 언덕배기를 올랐다.

오두막으로 되돌아오니, 외출하려고 했을 때 내놓은 카와카마스의 우산은 이제 물기가 완전히 빠져 있었다.

어느덧 석 달이 흘렀다.

나는 담요를 뒤집어쓰고서, 가으내 주워 모았던 작은 삭정이들을 조금씩 지펴 가며 겨울의 하루하루를 보내고 있었다.

맑게 갠 겨울날은 장관을 이루었다. 초원도 삼림도 온통 하얀색으로 뒤덮여, 이 세계를 더럽히는 것이라고는 아무것도 없는 듯하였다. 눈은 멀리 지평선까지 가득 메워 그곳에 흐르던 강의 흔적마저 지워 버렸다.

나는 하루하루의 날들을 살아가는 데에 열중하느라 카와카마스의 일조차도 까맣게 잊고 있었다.

누구나가 쓰듯이, 이곳의 봄은 예기치 못한 사이에 찾아
든다.

　　그리고 여름도 어느 날 급작스레 최후를 맞이한다.

　　다시 황금빛 가을이 찾아왔다.

비 걷힌 뒤의 새파란 하늘을 이고서, 나는 자작나무 껍질로 만든 바구니를 들고 버섯을 따기 위해 비밀의 숲으로 내려갔다.

숲속은 아직 여름의 여운이 채 가시지 않아, 버섯이 자라기에 딱 알맞은 습도를 유지하고 있었다. 쿠리 버섯, 아미가사 버섯, 호우키 버섯, ……어떤 버섯이라도 바구니 가득 딸 수가 있었다.

흡족한 마음으로 숲을 나와 초원에 접어들었을 때, 카와카마스가 한번도 만들어 보지 못했던 버섯 수프 일이 문득 떠올랐다.

나는 작은 길 왼편에서 꺾어져 저쪽 강으로 향하였다.

솔체꽃 군락을 짓밟지 않도록 마음을 쓰면서 가로질러 희고 자그마한 십자 모양의 꽃들이 피어 있는 관목 수풀을 헤쳐 나오자, 눈앞에 강이 유유히 흐르고 있었다.

강의 한가운데에는 약간의 물결이 일렁이고 있었고, 자그마한 물고기들이 펄떡펄떡 뛰놀았다. 나는 아무런 생각 없이 멀거니 강물에 떠가는 빛바랜 나뭇잎들이며, 조금씩 물들어 있는 단풍잎들을 바라보고 있었다.

건너편 강가의 삼림은 피어오른 강안개에 모습조차 감추고 있었다.

"아니, 얀! 무슨 생각을 그렇게 골똘히 하고 있는 거지? 잘 지냈어? 오늘은 정말정말 날씨가 좋네. 이런 날은 누구라도 멀리 나설 채비를 하지 않을 수 없을 거야. 나도 이제 막 출발할까 생각하던 참이었어."

이렇게 해서 나는 카와카마스와 오랜만에 한바탕 수다를 늘어놓았다.

나는 독버섯의 구별법과 나뭇잎을 사용해서 멋있는 레이스 커튼의 대용품을 만드는 방법을, 카와카마스는 물냉이가 자라나는 장소와 물맛이 좋은 샘물이 솟아나는 비밀의 샘터에 대한 이야기를 하였다.

"그런데, 네 집이 이 부근에 있었던 것도 같은데 말이야."

"아, 그래! 거기 어디쯤 있었는데, 요전의 큰비로 떠내려가 버렸지 뭐야. 그런 김에 나도 괜찮겠다 싶어서 아래쪽까지 기분 좋게 흘러갔지. 물살에 실리어 가는 건 대단히 재미있었는데, 다시 흐름을 거슬러 위쪽으로 올라오는 건 몹시 힘들었어."

"요전의 큰비라면, 지난해 가을의 끝머리에 내렸던 큰비 말이야?"

"그래, 저⋯⋯, 요컨대 그것이 요전의 큰비이지."

잠시 그렇게 이야기를 나누다 보니, 둘 다 이야깃거리가 남아 있지 않았다.

쏴–쏴– 흘러가는 강물 소리와 작은 물고기들이 뛰어올랐다 물에 풍덩 뛰어드는 소리들이 어우러지듯, 이따금 건너편 강가 쪽에서 불어오는 희미한 바람에도 등뒤의 관목 잎들이 바삭바삭 소리를 냈다.

자줏빛을 띤 남색 하늘을 배경으로, 어느덧 강수면에 옅은 주홍빛이 번져 가고 있었다.

이제 슬슬 돌아가지 않으면 안 된다고 하였더니, 카와카마스는 제방 위까지 바래다 주었다. 헤어질 때 오늘 딴 버섯을 나누어 주자,

"아차, 그래그래, 내일은 나의 이름의 날 축제여서 버섯 수프를 만들 테니, 꼭 와야 해!"
라고 말하였다.

"응, 올게."

하고서, 희고 자그마한 십자 모양의 꽃들이 피어 있는 관목 수풀을 헤쳐 우거진 풀숲의 그늘진 길로 나왔을 때, 다시 카와카마스가 큰 소리로,

"아, 그리고 이제야 생각이 났는데, 정말정말 미안하지만 버터하고 소금이 다 떨어져서 말이야. 만약 괜찮다면, 참말로 괜찮다면 조금만 꾸어 줄 수 있겠어?"

라고 외쳤다.

"응, 그래! 내일 꼭 가져갈게."

나도 큰 소리로 대답했다.

그리고 들판 가득히 펼쳐져 있는 솔체꽃들을 짓밟지 않도록 마음을 쓰면서 조심조심 가로질러 버섯이 나는 숲 앞에 이르자, 이번에는 작은 길의 왼편에서 꺾어져 비탈진 초원을 향해 걸었다.

한걸음 한걸음 초원의 비탈길을 오르는 동안, 조금씩 조금씩 나의 마음은 말로는 무어라 형언하기 어려운 어떤 행복감으로 벅차올랐다.

왔던 길을 돌아보니, 칠흑빛 어둠에 잠겨 버린 대지의 아득히 먼 저편에 은색의 띠만이 고요히 빛나고 있었다.

맺는말

만일 여러분이 독서 감상문 같은 과제를 받아들고서 넌더리를 내며 '쳇! 정말로 감상문 따위를 써야 할 필요가 있을까? 귀찮아' —— 그래, 그렇다. 책이든 영화든 음악이든 감상 따윈 자신의 머릿속에서나 하고, 언제라도 희미하게나마 기억하고 있으면 그것으로 되지 않을까 —— 라고 생각한다면, 이런 식으로 한번 써보면 좋겠다.

"무대는 러시아, 그렇다고 해서 글 속 어디에 러시아라고 씌어 있는 것도 아니다. 드넓게 펼쳐져 있는 곳이라면, 그리고 자연이 어느 정도 남아 있는 곳이라면 어디라도 좋다.
야트막한 언덕 위에 사는 고양이 얀의 거처에, 어느 날 뜻

하지 않게 한번도 만난 적이 없는 카와카마스가 찾아온다. 카와카마스의 영원히 오지 않을 이름의 날을 위해, 얀은 버섯 수프의 재료와 소중히 여기는 사모바르를 빌려 준다. 그 것에 대해서, 얀은 전혀 갈등하지 않는다. 카와카마스도 지나치게 시간 개념이 없는 나머지 마찬가지로 이것에 대해서 마음을 썩이지 않는다. 서로에 대한 신뢰라든가 우정이라고 하는 사적인 것이 아니라 자연을 함께하는, 자연을 중심으로 한 동일 세계 내에서의 일체감이라는 것이 둘을 결속시키고 있다. 체호프의 《광야》에 묘사되어 있는 세계도 이와 같은 것이 아닐까 생각한다. 등장 인물은 저 초원(스텝) 속의 점경(點景)에 지나지 않는 것이다.

1년이 흐른 어느 가을날, 얀은 카와카마스로부터 맨 처음에 그랬듯이 소금과 버터를 꾸어 달라는 부탁을 받는다. 자꾸 부탁하는 것을 애처로이 여기거나, 여러 생각 않고서 순수히 꾸어 주었던 일이 얀으로서는 몹시 즐겁고 기뻤을 것이다. 그리고 예전처럼 또다시 카와카마스를 만날 수 있다는 것이. 자연을 신뢰하고 모든 것을 순수히 받아들이는 것, 그리고 그

전제에는 어디까지나 더없이 고운 감정이 필요하다.”

　다만 이것으로 탁월하다거나, 빼어나다거나, 또는 A학점을 받을 수 있을지 어떨지의 책임은 질 수 없다. 대저 읽는 이들 각각의 인상은, 하나라도 동일할 수 없는 것 아닌가. 게다가 공교롭게도 이 이야기에서는 이렇다 할 테마를 찾아볼 수 없다. 둘, 아니 두 마리는 그저 차를 마시거나, 이야기를 나누거나, 시를 읊거나 할 뿐이다. 나날이 조용히 흘러간다. 아니, 흘러가지 않는다. 카와카마스의 내일에서 내일로 넘어가는 이름의 날이 여러분을 영원히 그들의 초원에 가두어 버리는 것이다. 그리하여 이렇듯 짧은 이야기를 읽고 난 후에라도 여러분은 언제까지나 저 카와카마스가 깃들여 사는 커다란 강과, 얀이 살고 있는 초원의 언덕 위를 정처 없이 유랑하게 되리라. 그렇더라도 그것이 중요한 것이다. 이유도 없고, 이렇다 할 목적도 없고, 정한 곳도 없지만 그 언저리를 떠돌아다녔다는 것. 길고 가느다란 풀에 손을 베이거나, 엉겅퀴 가시에 쓸리거나, 아무렇게나 드러누워 눈앞에서 흔들리는 솔체꽃을

올려다보거나, 진창에 발을 빠뜨리거나, 강가에서 아무런 생각 없이 수면을 바라보거나, 낙엽을 짓밟아 튀기는 물방울들에 신발을 적시거나, 이름 모를 관목 수풀에서 가만히 저편 강을 내려다보거나, 그리고 저 비탈진 언덕의 꼭대기에서 멀리 반짝이는 큰 강을 바라다보라. 그러면 아마 여러분도 얀과 같은 눈길로 저 강과 카와카마스에게 마음을 기울일 수 있을 것이다. 그렇다, 여러분은 모든 것을 이해할 수 있을 것이다. 이치를 통한 이해가 아니라, 마음을 통한 이해를. 그 마음은 이 초원과 큰 강에서 살아가는 것들뿐만이 아니라, 더욱더 넓어져 여러분 주위의 모든 것이나 세계 전체를 향하는 것 또한 가능해지리라.

다시 맺는말

　만약 그대가 카와카마스는 늘 꾸기만 하고, 게다가 꾸어 간 것들을 갚을 줄 몰라 교활하다고 여긴다면, 그것은 그대가 조금 지쳐 있다는 증거다. 오늘 하루는 우선 학교를 쉬어라. 학원도, 예비학교도 쉬어라. 회사도 쉬어라. 온 하루를 아무런 생각 없이 멍하니 있어 보는 것이다.

　만약 그대가 혹여 카와카마스는 이름의 날을 구실로 삼은 사기꾼이라 여긴다면, 장 주네[프랑스의 소설가·극작가·시인] 처럼 가방 속에 칫솔 하나만 달랑 넣고서 지금 곧 회사에 사직서를 내던지고, 학교는 무단으로, 학원이나 예비학교는 지체없이 그만두고 어딘가로 여행을 떠나 보라. 아득히 먼 이국의, 여행지의 싸구려 호텔을 전전하면서 그냥 그대로 인생 최후의 날에 칫솔 하나 남기고 떠난다 해도 그것은 그것대로 그대의 책임이다.

도저히 그런 일은 못하겠다, 나날의 일상을 계속하지 않으면 안 된다는 이가 있다면, 카와카마스가 영원히 —— 어쩌면 —— 먹어 본 적이 없는 버섯 수프를 만들며 스스로를 달래기 바란다.

[버섯 수프]

야마도리 버섯을 구할 수 없다면 좋아하는 버섯, 예를 들면 표고 버섯이나 송이 버섯이라도 잘게 저며서 수프로 끓인다.

프라이팬에 버터를 충분히 두르고, 잘게 썬 양파와 가늘게 썬 당근을 볶아 버섯에 첨가한다.

다시 감자를 잘게 썰어서 첨가한다.

가느다란 파스타도 넣고, 소금으로 간한다.

식탁에서 스메타나를 듬뿍 넣어(없으면 사워 크림을 조금 넣는다) 완성한다.

(예카테리나 토리베르스카야 및 마치다 마리코에게 자문을 구하였다.)

더한층 흥미가 있는 분은, 와일리와 게니스 공저의 《망명 러시아 요리》(1996년, 未知谷 간행)의 제16장도 참조하면 좋겠다.

진짜 맺는말

내가 이 짧은 그림 이야기를 쓸 수 있는 단서를 열었던 것은, 러시아 망명시인 조지프 브로드스키[1987년 노벨문학상 수상]의 〈코드 곶(Cape Cod)의 자장가〉의 한 소절이다.

문이 삐거거린다. 출입구에 서 있는 것은 한 마리 대구.
대구는 마실 것을 청한다, 물론 신의 이름으로.
나그네에게 빵 한 조각 나누지 않을 순 없는 것.
그리고 길을 일러 준다. 꼬부랑길이다. 물고기는 떠나간다.
그러나 앞서 떠나갔던 물고기와 조금도 다르지 않다.

다른 물고기가 또 문을 두드린다.

그런 식으로 물고기는 밤새도록 떼지어 지나간다.

(沼野充義 저,《영원의 한 역 앞에서》, 1989년, 作品社 간행)

　그리하여 이 형이상학적인 시의 일부에 계발되어 고상한 등속이 아닌, 다만 문을 열었을 때 그런 얼굴을 한 대구가 서 있다면(대구의 얼굴은 조금 과장되었다고 나는 전부터 느끼고 있었다) 약간 무서울 테지만, 카와카마스라면 재미있을 것이라고 생각해 왔었다. 그러나 코드〔대구〕곶이라는 지명상, 게다가 차례차례로 같은 모습의 대구가 떼지어 나타나는 이상, 아무리 대구의 얼굴이 무섭다 해도, 이 경우는 대구가 아니면 안 되는 것이다. (대구는 떼를 지어 헤엄쳐 다니므로.)

　그러면 카와카마스의 얼굴은 어떨까. 나는 오랫동안 카와카마스의 얼굴은 기다랗지만 나름대로 단정한 데가 있을 거라고 막연히 생각해 왔다. 그것이 어떤 이미지에 의하였는지 분명치는 않지만, 어쩌면 칠을 한 작은 상자에 묘사된 카와카마스와 오메리야 민화(民話)의 그림이 기억 어딘가에 남아 있었기 때문일는지도 모르겠다. 그리고 악사코프〔제정 러시아의 소설가]의 《조어잡필》(釣魚雜筆, 1986년, 響文社 간행. 이 책에 2백67년을 산 카와카마스가 잡혔다는 기록이 보인다!)에 있는 카와카마스의 약간 표본학적인 펜화가 이제 와서 보면 그 모든 오해의 시작이었다!

나는 슈퍼나 생선 가게에 즐비한 카마스와 마주칠 때마다 관찰을 되풀이했다. 어떻든 같은 카마스이므로 바다든 강이든 기본적인 체형은 그다지 다르지 않으리라는 데 근거하였던 것이다. 모든 그림 그리기가 끝난 한참 뒤, 미국에서 출판된 러시아 요리책을 손에 넣었을 때의 충격은 이루 말할 수 없는 것이었다. 음식 재료를 지지르듯 앉은 카와카마스는 껍질만 벗긴 통나무처럼 근사했고, 얼굴은 확실히 기다랗지마는 입 언저리는 둥그스름한, 구두 앞쪽 같은 형상이었다. 그러므로 아무쪼록 독자 여러분께서는, 카와카마스의 명예를 걸고 맹세하건대, 그의 입은 그토록 뾰족하지 않다는 걸 헤아려 주기를 바란다. 대개 일본의 물고기는 납작한 것들뿐인데, 외국의 물고기는 입체적인 것이 많다. 이것은 (건어물 같은) 엷 문화와, 밀봉 문화(저쪽의 생선 요리에는 통째로 요리한 메추라기 통조림 같은 것이 있다)라고도 해야 할 서로 다른 위상을 이끌었다. 일본의 물고기는 식탁 위에 차려질 때 곧장 가로누운 모양이지만, 저쪽의 물고기는 배를 아래쪽으로 하고서 똑바른 자세를 유지한다. 그러한 연유로 우리는 물건을 입체적으로 받아들이는 데 서툴 수밖에 없는 것이다. 나 또한 '옆의 시점'에서 카와카마스를 보는 크나큰 실수를 범하고 말았다. 그렇기에 카마스와 카와카마스의 형상이 모두 다르니 주의하기 바란다.

이야기가 크게 빗나갔지만, 마지막 한 대목을 쓰고 있자니, 얀과 함께 저 초원의 비탈길을 한걸음 한걸음 밟아 오르는 듯한 기분이 들어 나 자신의 작품임에도 불구하고 눈에 눈물이 어렸다. 저 언덕과 강 사이를 몇 번씩이나 왕복하면서 어디에 무엇이 있는지, 길이 어떻게 굽이져 있는지, 어디쯤이 경치가 좋은지, 내 마음의 지도에 모두 복사되어 있다. 이 길을 다시 걸어 볼 수는 없을까 하는 마음과, 얀과 카와카마스가 있는 땅에서 떠나지 않으면 안 된다는 마음이 그렇게 만들었으리라 생각한다. 마침내 작품은 나의 손에서 떠났고, 고독한 걸음을 시작했다. 그것은 여러분, 독자를 찾아나서는 여행이기도 하다. 따라서 이 소품은 얀과 독자 여러분에게 바치지 않으면 안 된다. (유감스러우나 카와카마스는 현재 행방을 알 수 없으므로 바칠 수가 없다.)

　　마지막으로 무명인 나의 처녀작을 출판할 용기를 낸 未知谷의 飯島徹 님, 그리고 이 작품의 최초 독자이자 비평가이며 우리 나라에서는 그다지 알려지지 않은 나라들의 요리연구가이기도 한, 나의 빈약한 지식을 보충해 주었던 마치다 마리코 님에게도 깊은 감사와 존경의 뜻을 보낸다.
　　그럼 여러분, 안녕!

1997년 8월, 마치다 준

町田 純 마치다 준 (글쓴이)
1951년 도쿄 출생. 게이오대학 경제학부 졸업.
1993년부터 1996년까지 도쿄 시부야에, 터키의 국제 도시 이스탄불 교외에 있는 역사적인 '카페 피에르 로티'의 분위기와, 흑해에 면한 제정 러시아의 남쪽 관문인 오데사의 이미지를 겹쳐 놓은 카페 '오데사 이스탄불'을 연다. 러시아 혁명의 혼란기에는 크리미아나 오데사에서 많은 사람들이 이스탄불을 경유해 파리나 런던 등지로 망명했다. 물론 이스탄불에 몸을 숨긴 이들도 헤아릴 수 없이 많다. 망명이라는 말은, 무책임한 방관자에게는 감미로운 여운을 지닌 언어이다. 그것은 누구나가 그 비밀스러운 가슴속에 이 폐쇄적인 상황 속에서, 지금 여기에서, 이 자리에서 정신적인 망명을 끊임없이 지속적으로 추구하고 있다는 증거이기도 하다. 그러한 순간의 망명처의 하나가 '오데사 이스탄불'이었던 것은 아닐까? ('오데사 이스탄불'은 도시 계획 도로 건설을 위해 현재 폐점중이다.)

김은진 (옮긴이)
한양대학교에서 일어일문학을 전공하고, 출판사와 에이전시에서 책 만드는 일을 어깨 너머로 접하며 일본의 책을 찾아 요약하여 에이전시에 제공하는 일을 해왔습니다. 그때《얀 이야기》를 운명처럼 만났고, 얀의 매력에 푹 빠져 지금까지 고양이 집사의 생을 살고 있답니다. 얀을 만난 걸 인생의 가장 큰 행운이라 여기고 있고, 평소 고양이 책을 꾸준히 읽으면서 인스타에 고양이 책들을 소개하는 일도 게을리하지 않고 있지요.《얀 이야기》(전7권) 시리즈를 비롯하여, 나쓰메 소세키의《나는 고양이로소이다》및《피아노 치는 늑대 울피》등의 그림책과 과학·수학 그리고 건축미술에 관한 책들을 번역하였습니다.

신지연 (일러스트)
《얀 이야기》의 흑백 삽화를 색연필로 색칠하던 그 초등학생이 자라, 그림을 그리는 일러스트레이터이자 북디자이너로 일하고 있습니다. 그로부터 20여 년이 지나 다시 그 옛날처럼 얀과 카와카마스를 그리고, 색을 입혔습니다.

한인숙 (옮긴이)
오래, 책을 만들어 온 할머니 편집자입니다. 숱한 식물들을 가까이 두고 기르면서, 마네·모네·디오·디올(고양이들의 이름)과도 벗하며 지냅니다. 바깥의 수많은 나그네 고양이들과도 서로 알은체하며 지내지요.

얀 이야기

제①권

얀과 카와카마스

초판 발행
2004년 5월 5일
개정판 발행
2025년 1월 10일

지은이
마치다 준(町田 純)

옮긴이
김은진·한인숙

일러스트
신지연

펴낸곳
동문선
제10-64호, 1978년 12월 16일 등록
서울 종로구 인사동길 40
전화 02-737-2795
팩스 02-733-4901
이메일 dmspub@hanmail.net

ISBN 978-89-8038-955-1 04830
ISBN 978-89-8038-921-6 (세트)

정가 16,000원

【東文選 現代新書】

1	21세기를 위한 새로운 엘리트	FORESEEN연구소 / 김경현	7,000원
2	의지, 의무, 자유—주제별 논술	L. 밀러 / 이대희	6,000원
3	사유의 패배	A. 핑켈크로트 / 주태환	7,000원
4	문학이론	J. 컬러 / 이은경·임옥희	7,000원
5	불교란 무엇인가	D. 키언 / 고길환	6,000원
6	유대교란 무엇인가	N. 솔로몬 / 최창모	6,000원
7	20세기 프랑스철학	E. 매슈스 / 김종갑	8,000원
8	강의에 대한 강의	P. 부르디외 / 현택수	6,000원
9	텔레비전에 대하여	P. 부르디외 / 현택수	10,000원
10	고고학이란 무엇인가	P. 반 / 박범수	8,000원
11	우리는 무엇을 아는가	T. 나겔 / 오영미	절판
12	에쁘롱 — 니체의 문체들	J. 데리다 / 김다은	7,000원
13	히스테리 사례분석	S. 프로이트 / 태혜숙	7,000원
14	사랑의 지혜	A. 핑켈크로트 / 권유현	6,000원
15	일반미학	R. 카이유와 / 이경자	6,000원
16	본다는 것의 의미	J. 버거 / 박범수	10,000원
17	일본영화사	M. 테시에 / 최은미	7,000원
18	청소년을 위한 철학교실	A. 자카르 / 장혜영	7,000원
19	미술사학 입문	M. 포인턴 / 박범수	8,000원
20	클래식	M. 비어드 · J. 헨더슨 / 박범수	6,000원
21	정치란 무엇인가	K. 미노그 / 이정철	6,000원
22	이미지의 폭력	O. 몽젱 / 이은민	8,000원
23	청소년을 위한 경제학교실	J. C. 드루엥 / 조은미	6,000원
24	순진함의 유혹〔메디치상 수상작〕	P. 브뤼크네르 / 김웅권	9,000원
25	청소년을 위한 이야기 경제학	A. 푸르상 / 이은민	8,000원
26	부르디외 사회학 입문	P. 보네위츠 / 문경자	7,000원
27	돈은 하늘에서 떨어지지 않는다	K. 아른트 / 유영미	6,000원
28	상상력의 세계사	R. 보이아 / 김웅권	9,000원
29	지식을 교환하는 새로운 기술	A. 벵토릴라 外 / 김혜경	6,000원
30	니체 읽기	R. 비어즈워스 / 김웅권	6,000원
31	노동, 교환, 기술—주제별 논술	B. 데코사 / 신은영	6,000원
32	미국만들기	R. 로티 / 임옥희	10,000원
33	연극의 이해	A. 쿠프리 / 장혜영	8,000원
34	라틴문학의 이해	J. 가야르 / 김교신	8,000원
35	여성적 가치의 선택	FORESEEN연구소 / 문신원	7,000원

306 아이들에게 들려주는 철학 이야기   R. -P. 드루아 / 이창실   8,000원

【기 타】

☑ 모드의 체계	R. 바르트 / 이화여대기호학연구소	18,000원
☑ 라신에 관하여	R. 바르트 / 남수인	10,000원
☑ 說 苑(上·下)	林東錫 譯註	각권 30,000원
☑ 晏子春秋	林東錫 譯註	30,000원
☑ 西京雜記	林東錫 譯註	20,000원
☑ 搜神記(上·下)	林東錫 譯註	각권 30,000원
☑ 경제적 공포〔메디치상 수상작〕	V. 포레스테 / 김주경	7,000원
☑ 古陶文字徵	高 明·葛英會	20,000원
☑ 그리하여 어느날 사랑이여	이외수 편	4,000원
☑ 錦城世稿	丁範鎭 謹譯	50,000원
☑ 너무한 당신, 노무현	현택수 칼럼집	9,000원
☑ 노블레스 오블리주	현택수 사회비평집	7,500원
☑ 딸에게 들려 주는 작은 지혜	N. 레흐레이트너 / 양영란	절판
☑ 떠나고 싶은 나라—사회문화비평집 현택수		9,000원
☑ 무학 제1집	전통무예십팔기보존회 편	20,000원
☑ 뮤지엄을 만드는 사람들	최병식	20,000원
☑ 미래를 원한다	J. D. 로스네 / 문 선·김덕희	8,500원
☑ 바람의 자식들—정치시사칼럼집	현택수	8,000원
☑ 사랑에 대한 개인적인 의견	P. 쌍소[외] / 한나 엮음	13,000원
☑ 산이 높으면 마땅히 우러러볼 일이다	유 향 / 임동석	5,000원
☑ 살아 있는 것이 행복이다 J. 도르메송 / 김은경		12,000원
☑ 서기 1000년과 서기 2000년 그 두려움의 흔적들		
	J. 뒤비 / 양영란	8,000원
☑ 선종이야기	홍 희 편저	8,000원
☑ 섬으로 흐르는 역사	김영회	10,000원
☑ 세계사상	창간호~3호	각권 10,000원
☑ 나는 대한민국이 아프다	신성대	18,000원
☑ 품격경영(상)	신성대	26,000원
☑ 품격경영(하)	신성대	26,000원

【대한민국역사와미래총서】

1 끝나야 할 역사전쟁   김형석   19,000원
2 건국사 재인식   이영일   20,000원
3 고하 송진우와 민족운동   김형석   20,000원